LES
DEUX NEVEUX,

COMÉDIE

EN DEUX ACTES, EN PROSE.

PAR M. GABIOT.

Repréfentée, pour la première fois, A PARIS, en 1788.

Prix 1 liv. 4 fols.

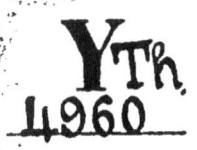

A PARIS,

Chez CAILLEAU, Imprimeur - Libraire,
rue Gallande, N°. 64.

1788.

PERSONNAGES.

LE BARON.

LA BARONNE.

SOPHIE, nièce du Baron.

DORVAL.

LEURREVILLE l'aîné. } Neveux de
LEURREVILLE cadet. } Dorval.

ISAAC, Juif.

ANDRÉ, Valet du Baron.

La Scène est dans l'Hôtel du Baron.

LES
DEUX NEVEUX,
COMÉDIE.

ACTE PREMIER.

SCÈNE PREMIERE.

Le Théâtre repréſente un antichambre, orné de portraits de famille.

LE BARON, LA BARONNE. *Ils entrent en querellant.*

LE BARON.

Non Madame, c'eſt inutile, je n'y conſentirai pas.

LA BARONNE.
C'eſt un parti décidé, Monſieur, & j'irai.

LE BARON.

Vous n'irez pas.

LA BARONNE.

J'irai.

LE BARON.

Quel entêtement! mais, ma bonne amie, quel agrément trouves-tu à faire ainsi de la nuit le jour, & du jour la nuit?

LA BARONNE.

Mais quel plaisir trouvez-vous à me contrarier?

LE BARON.

C'est pour ta santé.

LA BARONNE.

C'est pour ma santé que vous me contrariez! en ce cas, vous ne serez jamais le médecin des femmes.

LE BARON.

Mais tu n'entends pas.

LA BARONNE.

Je ne veux rien entendre. . . .

LE BARON.

Ma chère femme, tu n'es pas raisonnable.

LA BARONNE.

Il ne faut pas qu'une femme le soit tant, rien n'est plus ennuyeux; un instant de folie vaut mieux qu'un siècle de raison.

LE BARON, à part.

Charmante! même en faisant le tourment de ma vie! (Haut.) Comment! tu me refuseras cette marque de complaisance!

LA BARONNE.

Vous vous y êtes mal pris, Monsieur. Vous avez voulu parler en maître, & je n'en veux point avoir. On obéit au mari qui prie , & l'on réfifte au maître qui commande.

LE BARON.

Eh bien , je t'en prie.

LA BARONNE,

Il n'eft plus tems.

LE BARON.

Ah ! c'en eft trop , je fuis au défefpoir.

LA BARONNE.

Pourquoi commencez-vous toujours ? ce n'eft pas à une femme d'avoir le dernier ; l'honneur du fexe ferait compromis.

LE BARON.

Je ne commence jamais, Madame, vous avez tort.

LA BARONNE.

J'ai tort ! j'ai tort ! Ne vous oppofez-vous pas à tout ce qui me fait plaifir ? J'ai tort ! celui-là eft neuf, par exemple ! Eh bien , Monfieur, je veux avoir tort, & que vous me donniez raifon, voilà comme un mari galant doit fe conduire.

SCENE II.

LES PRÉCÉDENS , LEURREVILLE l'aîné.

LEURREVILLE l'aîné.

EH ! quoi ! toujours à quereller !

LE BARON.

Ah te voilà ! mon bon ami ! Viens, & fois juge entre nous.

LEURREVILLE l'aîné.

Vous me prenez pour Juge.

LE BARON.

Oui.

LEURREVILLE l'aîné.

Eh bien! vous avez tort.

LE BARON.

Et tu ne fais pas ce dont-il s'agit?

LEURREVILLE l'aîné.

N'importe, vous avez tort.

LE BARON.

De quoi?

LEURREVILLE l'aîné.

De quereller.

LA BARONNE.

Je n'ai pas commencé.

LE BARON.

Ni moi non plus, je n'y fongeais certainement pas.

LA BARONNE.

C'eft Monfieur qui ne veut pas que j'aille à l'af-femblée chez la Marquife.

LE BARON.

Non, ce n'eft pas une femme à voir.

LA BARONNE.

Mais ce n'eft pas elle que je vais voir.

LE BARON.

Mais c'eft chez elle que vous allez.

LA BARONNE, à *Leurreville.*

Voyez s'il cédera!

LEURREVILLE l'aîné.

Il a tort.

LE BARON.

Mais, mon ami, fonge donc à tout ce que l'on dit de la Marquife.

LEURREVILLE l'aîné, *au Baron.*

C'eft vrai, vous avez raifon.

LA BARONNE.

Mais, Monsieur, je suis engagée.

LEURREVILLE l'aîné.

C'est différent! il ne faut pas manquer à sa parole.

LE BARON.

Mais, mon ami, ma femme va se perdre de réputation.

LEURREVILLE l'aîné.

C'est vrai! il faut retirer votre parole.

LE BARON.

Et puis d'ailleurs, ne faut-il pas qu'elle se souvienne un peu qu'elle a un mari? Depuis six mois que nous sommes mariés, les parties se succèdent avec tant de rapidité, me l'enlèvent si souvent que je me crois encore garçon. Spectacles, Jeux, Bals, Concerts se la partagent jusqu'à la pointe du jour. Elle rentre harrassée, mourant de dormir, elle dort; (Car je l'aime trop pour troubler son sommeil;) elle se lève à midi, fait sa toilette jusqu'à trois heures, se donne à peine le tems de diner. Incontinent après elle s'habille, s'envole comme un papillon, & zeste! en voilà pour jusqu'à trois ou quatre heures du matin! tu m'avoûras que, pour vivre garçon, ce n'était pas la peine de me marier!

LEURREVILLE, l'aîné, à la Baronne.

Allons, allons! il faut bien vivre un quart-d'heure pour son mari!

LE BARON.

Prononce, tu es un garçon sage, tu es jeune, galant; moi, je n'ai que de la franchise & de la bonhommie. Je m'en rapporte à ta décision!

LEURREVILLE l'aîné.

Et vous aussi, Madame?

LA BARONNE.

J'y confens.

LEURREVILLE l'aîné, à *la Baronne.*

Eh bien! vous n'irez point à l'affemblée.

LE BARON.

Bien jugé !

LA BARONNE, à *Leurreville.*

Mais, Monfieur ! ...

LE BARON.

Point d'appel !

LEURREVILLE.

Je vous fais bien mes excufes! mais Themis doit
avoir un bandeau fur les yeux. Cependant, comme
il eft jufte qu'un facrifice, fait de bonne grace ait
fa récompenfe, il faut que le Baron vous faffe cadeau d'un Phaëton ; mon Sellier en a un fu-
perbe. C'eft aujourd'hui jour de Rennelagh au bois
de Boulogne. Toutes les jolies femmes de Paris,
tous nos Élégans y font raffemblés ; à leurs yeux
nous ferons voler notre char fur la peloufe; vous
ferez l'admiration de tous les hommes & le dépit
de toutes les femmes; cela fera divin, délicieux !

LA BARONNE.

Oui, mais mon bon ami ne voudra peut-être
pas ?..

LE BARON.

Moi, te refufer ! tu ne me connais pas encore.
Tiens voilà cent louis ! achète le plus beau, le plus
élégant; prens mes plus jolis chevaux, fais les at-
teler fur le champ, & vôle éclipfer toutes nos jolies
femmes. Ce fera mon triomphe & mon bonheur:
mais en t'amufant, fonge quelque fois que je t'aime, ce n'eft pas trop exiger d'une jeune femme.
Eh bien! je ferai content.

LA BARONNE.

Quoi ! vous permettez que fur le champ !..

LE BARON.

Oui, vas paffer ton habit d'amazone! Leurreville te donnera la main, te conduira ; mais tu te
laifferas ramener ?

LA BARONNE.

Oui, je vous promets de fouper avec vous.

LE BARON, *finement.*

Je comprens tout le charme de ta promeffe. Va
vite, le moindre délai eft un moment de perdu pour
le plaifir.

SCENE III.

LE BARON, LEURREVILLRE, l'aîné.

LEURREVILLE l'aîné.

ELLE fera bien étonnée, le Phaëton eft dans
la cour! les chevaux font mis, & nous n'avons
qu'à partir. J'avais deviné votre penfée, & j'ai fait
l'emplette.

LE BARON.

Charmant !.. Mon ami, tu es un homme ad-
mirable ! c'eft à toi que je fuis redevable du cœur
de ma femme. Mais, dis-moi, combien te dois-
je ?..

LEURREVILLE l'aîné.

Nous verrons dans un autre moment.

LE BARON.

Soit! je fuis charmé de l'aventure ! ma femme
aura cent louis de plus pour fes menus plaifirs !

LEURREVILLE l'aîné.

Mais fçavez-vous bien que vous êtes la perle des maris ?

LE BARON.

Je fuis comme ça, moi ; je fuis comme ça !

SCENE IV.

LES PRÉCÉDENS, ANDRÉ.

ANDRÉ.

MONSIEUR! un Monfieur demande à parler à Monfieur!

LE BARON, *fuivant fa première idée, dit à Leur-reville.*

Je fuis comme ça !.. (*A André.*) Dans un moment !

ANDRÉ.

Oui, Monfieur, je vais lui dire que vous êtes comme ça dans un moment.

LE BARON.

Qu'il eft bête !

ANDRÉ.

Oui, Monfieur, qu'il eft bête.

LE BARON.

Ne vas pas dire à ce Monfieur qu'il eft bête.

ANDRÉ.

Oh ! que non, Monfieur, je ne fuis pas fi bête.

LE BARON.

Tu en ferais bien capable ! dis-lui que je def-cens dans un moment.

ANDRÉ.

Oui, Monſieur, dans un moment!

LE BARON.

Ecoute : dis à Sophie que je veux lui parler.

ANDRÉ.

Dame! Monſieur, voilà bien des affaires à la fois. Il y aura bien de l'hazard ſi je n'oublie pas quelque choſe.

LE BARON.

Eh bien, tâche! je te le conſeille.

ANDRÉ.

Ça ſuffit, Monſieur, je tâcherai!

SCENE V.

LE BARON, LEURREVILLE, l'aîné.

LE BARON.

ET toi, mon ami, tu vas donner la main à ma femme; donne-lui auſſi de tes ſages conſeils : dis-lui de ne plus me quereller, car en honneur je n'y tiendrais plus.

LEURREVILLE l'aîné.

Soyez tranquille. A propos, avez-vous fait vos lettres pour mon oncle?

LE BARON.

Pas encore, je les ferai ce ſoir.

LEURREVILLE l'aîné.

Recommandez-lui ſur-tout de mettre un frein à la prodigalité de mon frère! Il ſerait fort triſte de voir une moitié de ſes biens devenir la proie des prêteurs ſur gages & des faiſeurs d'affaires!

LE BARON.

Il eſt donc toujours mauvais ſujet?

LEURREVILLE. l'aîné

C'eſt un jeune homme abſolument perdu.

LE BARON.

Sçais-tu bien que ſi j'écrivais à ton oncle tout ce que tu me dis de ton frère , il le deshériterait ; & que d'avance il ne lui enverrait plus d'argent ?

LEURREVILLE l'aîné.

Vous ſeul plaindriez mon frère. Du moins que mon oncle le mette ſous votre tutelle.

LE BARON.

Non, mon ami, j'ai déjà bien aſſez d'une femme à conduire !

LEURREVILLE l'aîné.

Eh bien ! je men chargerais , moi. Je l'aime infiniment , je voudrais avoir encore les moyens de lui rendre ſervice.

LE BARON.

Encore! dis-tu ?

LEURREVILLE l'aîné.

Il eſt ſi doux de ſecourir un frère !

LE BARON.

Oh ! le digne garçon !

LEURREVILLE l'aîné.

Je parviendrais peut-être à le changer.

LE BARON.

Sans toute il ne ſaurait être en meilleures mains. J'arrangerai cela.

LEURRENILLE l'aîné.

Vous ne le voyez que rarement. ?

LE BARON.

Non, depuis ce que tu m'en as dit, je ne me

soucie plus de le voir. Mais d'ailleurs ma femme est sage.

LEURREVILLE l' aîné *ricannant.*
Il croit bien à la sagesse des femmes.

LE BARON.
Il ne croit pas à la sagesse des femmes? oui, mon ami, tu as raison, c'est un libertin.

SCENE VI.

LES PRÉCÉDENS, LA BARONNE.

LA BARONNE, *en Amazone, un superbe chapeau de plumes, & une badine à la main!*
ALLONS, me voilà prête! partons.

LE BARON.
Et remercie Leurreville qui a prévenu nos desirs. La voiture est déjà dans la cour. Son goût me répond de son choix! Va, ma bonne amie ; va : ce sera peut-être la première fois qu'on aura vu la Sagesse dans le Char de la Folie! (*Sophie entre, & fait une révérence à la Baronne, qui sort avec Leurreville.*)

SCENE VII.

LE BARON, SOPHIE.

LE BARON.
VIENS, ma chère Sophie, viens!

SOPHIE.
André m'a dit que vous me demandiez & je suis venue sur le champ.

LE BARON.

Oui, j'ai à te parler de chofes importantes ! Ecoute ! tu fais que je t'ai élevée dès ta plus tendre enfance

SOPHIE.

Et je fens tout le prix de vos bienfaits.

LE BARON.

Ah ! ne prens pas ton air férieux. Ce que j'ai à te dire eft gai, mais très-gai, je veux te donner un mari !

SOPHIE, *timidement.*

Un mari !

LE BARON.

Oui, un mari jeune, fait pour plaire, & qui te plait peut-être deja.

SOPHIE.

Ah ! mon oncle !

LE BARON.

Eh bien, quoi ! Mon oncle ! N'as-tu pas un cœur ?...

SOPHIE.

Oui ! & je fais que je ne dois le donner que de votre aveu.

LE BARON.

Tu es bien honnête ! Mais revenons. Tu viens de voir fortir Leurreville l'aîné ! Qu'en dis-tu?

SOPHIE.

Vous l'eftimez !...

LE BARON.

Il ne reffemble pas à fon cadet, au moins!

SOPHIE.

Vous êtes bien prévenu contre ce cadet ! l'avez-vous fréquenté quelquefois ?

LE BARON.

Je m'en fuis bien gardé. Son frère me l'a dé

fendu ; & tu fens bien qu'il n'aurait pas ofé calom-
nier ni médire de fon frère.

SOPHIE, *avec ironie.*

Il eft vrai que cela n'arrive jamais.

LE BARON.

Tu parais croire le contraire : mais détrompe-
toi, Sophie : Leurreville l'aîné eft la probité per-
fonnifiée ; en un mot, c'eft lui que je te deftine
pour époux !

SOPHIE.

Lui !

LE BARON.

Et je crois bien te faire un cadeau.

SOPHIE.

Ah ! mon oncle !...

LE BARON.

Je devine tout ce que tu vas dire, & je le réduis
à fa valeur. Tu es fage, le nom d'un mari te fait
rougir, c'eft naturel ! Tu ne connais pas affez Leurreville, tu veux le connaître, c'eft jufte ! Mais un
honnête homme fe connaît du premier coup d'œil.
Tu ne l'aimes pas encore, tant mieux ! tu l'ai-
meras après ton mariage ; & tu ne feras pas
comme tant de femmes qui adorent leurs amans,
& deteftent leurs époux.

SOPHIE, *à part.*

Que je fuis malheureufe !...

LE BARON.

Heureufe ! Certainement, tu le feras ; mais,
quand tu feras mariée ne vas pas faire comme ma
femme. Elle eft jeune, jolie & fage, j'en fuis bien
fûr ; mais elle me fait enrager du matin jufqu'au
foir. Sois douce, bonne, tendre, complaifante.
La fageffe eft une bien belle chofe dans une époufe,

fans contredit ! Mais quand elle n'a que cela, on peut bien ne pas être heureux avec elle. Adieu, on m'attend là-bas ! ce foir tu me donneras ta réponfe. Ne me donne pas de chagrin, ma Sophie ! Ma femme m'en donne affez ! mais j'ai fait une folie, je la bois, c'eft à toi de m'en confoler par ton bonheur.

SCENE VIII.

SOPHIE, *feul.*

EST-IL fituation plus cruelle que la mienne ? mon oncle me donne pour époux celui que je détefte ! & paraît haïr celui qui, malgré moi, s'eft rendu maître de mon cœur !

SCENE IX.

SOPHIE, LEURREVILLE cadet ,

entrant fur la pointe du pied.

LEURREVILLE cadet, *cherche Sophie.*

ELLE n'eft pas à fa chambre !... Mais, la voilà ! Ah ! ma belle Sophie ! J'étais dejà d'une inquiétude mortelle !

SOPHIE.

Et de quoi Monfieur ?

LEURREVILLE cadet.

De ne pas vous trouver dans vôtre chambre.

SOPHIE.

SOPHIE.

Il faut cependant vous attendre à ne m'y plus voir !

LEURREVILLE cadet.

Comment ?

SOPHIE.

J'ai été trop bonne de souffrir quelques visites que mon oncle ignorait ; je ne veux plus avoir la même inconséquence à me reprocher.

LEURREVILLE cadet.

Le bonheur de vous voir était trop grand, je n'en étais pas digne, vous m'en privez!....

SOPHIE.

Ce n'est pas moi qui vous en prive ; c'est vous, votre conduite que chacun blâme & que personne n'ôle excuser.

LEURREVILLE cadet.

Il est vrai que les apparences sont contre moi.

SOPHIE.

Et c'est tout, Monsieur,.... Aux yeux de bien des gens.

LEURREVILLE cadet.

Aux vôtres aussi, Mademoiselle ?

SOPHIE.

Et quel bien peut vous faire ma façon de voir & de penser ?

LEURREVILLE cadet.

Quel bien!... Etre estimé de Sophie, c'est le seul bonheur où j'aspire.

SOPHIE.

Vous en prenez bien le chemin !

LEURREVILLE cadet.

Ne croyez pas rire, je deviens sage de jour en jour, & c'est votre ouvrage !

B

SOPHIE, *à part.*

Il se corrige ! & ce sera pour une autre ?

LEURREVILLE cadet.

Oui, du moment que j'ai ôfé placer votre image dans mon cœur, il a été pur, comme celui que je brulais d'obtenir.

SOPHIE.

Vous m'aimez ! & quel eft votre efpoir ?

LEURREVILLE cadet.

Aucun. Ah ! Sophie, fi vous étiez fenfible, je ferais déjà digne de vous.

SOPHIE.

Comment ?

LEURREVILLE cadet.

Le defir de vous plaire, d'obtenir la plus légère portion de votre eftime, a fuffi feul pour me tirer du précipice. Quels progrès n'aurais-je pas faits fi vous aviez daigné me laiffer entrevoir que votre cœur ferait le prix de ma réforme ! Ah ! Sophie, vous ignorez quel pouvoir a fur un cœur honnête, mais entraîné par le tourbillon, une jeune beauté fenfible & vertueufe qui fe propofe pour modèle, & pour récompenfe ! Le crime lui même deviendrait vertu !

SOPHIE.

Quoi, Leurreville, il ne faudrait que cela pour qu'une jeune perfonne pût vous aimer fans rougir & fans jamais s'en repentir.

LEURREVILLE cadet.

Effayez.

SOPHIE *gaiment.*

Je joue gros jeu, mais j'en cours les rifques.

LEURREVILLE cadet.

Que je fuis heureux ! De ce moment vous n'aurez plus rien à me reprocher.

SOPHIE.

J'entens la voix de mon oncle !

LEURREVILLE cadet.

Je m'enfuis.

SOPHIE, *l'arrête un moment.*

Voyez, Leurreville, combien j'ai dû fouffrir ! J'ai pour amant un homme qui craint les yeux de ma famille & des honnêtes gens.

LEURREVILLE cadet.

Cette réflexion eft cruelle, mais elle eft jufte. Vous ne me la ferez pas une feconde fois.

SCENE X.

LE BARON, DORVAL, SOPHIE.

LE BARON, *à Sophie qui veut fortir.*

RESTE; tu ne feras pas de trop. Quoi ! c'eft toi qui me demandais, mon cher Dorval ! Tu fais bien d'arriver, j'allais t'écrire aux grandes Indes.

DORVAL.

Je t'en apporte la réponfe. Mais qu'as-tu ? parle ; tu ne me parais pas gai.

LE BARON.

Le plaifir de te revoir fufpendra mes chagrins.

DORVAL.

Tu as des chagrins, mon ami, conte-les-moi, cela t'égayera.

B 2

LE BARON.

Tu ne fais pas que je fuis ?...

DORVAL.

Quoi ?

LE BARON.

Que je fuis ? ...

DORVAL.

Quoi donc ?

LE BARON.

Marié.... Ouf! voilà le grand mot lâché!

DORVAL.

Toi! marié !

LE BARON.

Oui ! je fuis pris , je l'avoue : j'avais cru trouver une exception à la régle générale , un ange !...

DORVAL.

Eh bien.

LE BARON.

Je n'ai trouvé qu'un méchant petit démon.

DORVAL.

Bien jeune ? bien gentil ?

LE BARON.

Oui , mais bien rufé , bien inconféquent , bien étourdi , bien fou , bien impatientant !

DORVAL.

Bien femme !

LE BARON.

Oui , c'eft le mot.

DORVAL.

Serait-ce par hazard cette dame que je viens de voir monter en voiture ?

LE BARON.

C'eft elle même.

DORVAL.

Ma foi, je te fais compliment de ta folie, mon vieil ami. Je n'ai rien vu de si jolie!

LE BARON.

Et voilà ce qui me désespère. Elle n'est jamais si jolie, si charmante que quand elle me fait enrager. Mais revenons à toi. C'est ton neveu qui lui donnait la main.

DORVAL.

Le cadet?

LE BARON.

Oh! que non! Je ne lui confierais pas ainsi ma femme!

DORVAL.

Ce cadet est donc un egrillard?

LE BARON.

Je t'en répons, & je l'ai rélégué ici dessus. C'est l'aîné; il a son appartement de plein-pied au mien; c'est un jeune homme d'une sagesse, d'une honnêteté, d'une ciconspection; tout le monde en parle bien.

DORVAL.

Et le cadet?

LE BARON.

Tout le monde en parle mal.

DORVAL.

J'ai bonne idée de lui.

LE BARON.

L'aîné est économe, soigneux, rangé, bienfaisant.

DORVAL.

Et le cadet?

LE BARON.

C'est un dissipateur, un libertin!

B 3

DORVAL..

Aimable ?

LE BARON.

Que trop , car il fait aimer jufques à fes folies.

DORVAL.

J'ai bonne idée de lui.

LE BARON.

L'aîné eft admis dans le meilleur monde , les plus belles fociétés , dont il fait les délices & l'a-grément.

DORVAL;

Et le cadet?

LE BARON.

Ne voit que des étourdis comme lui , & fouvent peut-être plus mauvaife compagnie encore.

DORVAL.

Bagatelle ! Une femme jolie & fage le remettra dans le bon chemin.

LE BARON.

Enfin l'aîné eft un digne garçon ; & voilà le prix que je lui réferve pour fa bonne conduite , ma nièce.

DORVAL.

Son mérite doit-être grand , fi j'en juge d'après la récompenfe. Et Mademoifelle y confent ?

SOPHIE.

Mon oncle vient de m'en parler pour la première fois , je ne me fuis pas encore confultée.

DORVAL.

C'eft un ouvrage que nous allons faire tête-à-tête ! Tu le veux bien , Baron, me laifler tête-à-tête avec cette aimable enfant ? Soyez tranquille , Mademoifelle , je n'ai pas envie de fupplanter mon neveu.

SOPHIE.

Quoi ! fur le champ.

DORVAL.

Oui , je fuis expéditif en amour. Vous m'ou-
vrirez votre cœur , j'éprouverai mes Neveux , &
je vous préfenterai celui qui fera le plus digne de
vous.

SCENE XI.

LES PPÉCÉDENS, ANDRÉ.

ANDRÉ.

Monsieur ! Il y a dans l'antichambre un
homme bien drôle qui vient d'apporter cette lettre;
& qui dit comme ça qu'il attend la réponfe.

LE BARON.

Donne !

ANDRÉ.

Bon dieu ! bon dieu ! qu'il eft donc drôle avec
fa barbe !

LE BARON.

C'eft de votre libertin. Lifez !

DORVAL, *lit.*

« Les portraits de famille étant des meubles
» tout-à-fait hors de mode, je vous prie de me
» permettre de vendre ceux qui font chez vous. Le
» porteur de cette lettre, honnête juif....

ANDRÉ, *treffaille de frayeur.*

Un Juif ! Mifericorde !

DORVAL, *continue.*

» Mon faifeur d'affaires, prendra le moment

» qui vous gênera le moins. Le motif le plus
» intéreffant m'oblige en ce moment à faire ref-
» fource de tour »

LE BARON.

Eh bien, que dis-tu de cette nouvelle fredaine ?

DORVAL.

J'en fuis charmé ! Rien ne fervira mieux mon
projet. Ecoute, mon ami, fais entrer cet homme.
(*André refte effrayé.*)

LE BARON,

N'as-tu pas peur qu'il te mange ?

ANDRÉ.

Oui, Monfieur, faire entrer un Juif !

DORVAL.

Apporte aufli quelques raffraichiffemens ; car
c'eft le verre à là main qu'il faut traiter les affaires.

ANDRÉ.

Ça fuffit, Monfieur.... Faire entrer un Juif !

LE BARON.

L'imbécille ! Je vais moi-même t'envoyer tout
cela, car le nigaud en oublierait la moitié. (*A
Sophie.*) Ma nièce, je te laiffe avec mon ami,
c'eft te dire à quel point il mérite ta confiance.
(*A Dorval.*) Tu vas caufer avec ce Juif, tu en
apprendras de belles, je t'en répons.

SCENE XII.

SOPHIE, DORVAL.

DORVAL.

Ah ça, nous voici seuls ! N'ayez pas peur, je ne suis plus dangereux. Allons, de la confiance ! Connaissez vous Leurreville l'aîné ?

SOPHIE.

Fort peu.

DORVAL.

L'aîmez-vous ?

SOPHIE.

Non, Monsieur.

DORVAL.

Cela est positif ! En voilà déja un qui a son paquet ! Et son frère ? Qu'en pensez-vous ?

SOPHIE.

Le cadet ?

DORVAL.

Oui, le cadet. De la confiance pour celui-ci comme pour l'autre ; allons, regardez moi comme un père.

SOPHIE.

C'est à ce titre que j'ose vous faire mes aveux ! D'abord, Monsieur Leurreville cadet a une bien mauvaise réputation & je suis forcée de convenir...

DORVAL.

Qu'il ne l'a pas volée ? Qu'a-t-il donc fait de si noir ? Quelques étouderies, quelques dettes ?

SOPHIE.

Oui, Monfieur.

DORVAL.

Il aura fréquenté quelque jeunes gens qui lui auront fait faire quelques tendres folies ?

SOPHIE.

Oui, Monfieur.

DORVAL.

Et des gens mal intentionnés auront jetté fur le compte de fon cœur les inconféquences de fon efprit ?

SOPHIE.

C'eft cela même.

DORVAL

Mais n'avez-vous pas été plus jufte ?

SOPHIE.

Pardonnez moi.

DORVAL.

Charmant, délicieux! je vous en remercie pour mon neveu, que je me plais à croire un bon garçon !

SOPHIE.

Le mal que l'on m'en difait me donna d'abord la curiofité de le connaitre. Je cherchai à le rencontrer, par hazard...

DORVAL.

Et vous l'avez rencontré exprès, cela devait-être. Rien n'eft plus fûr que ces hazards-là.

SOPHIE.

Mais je fus fort étonnée de voir l'honnêteté & la candeur empreintes fur le vifage d'un jeune homme dont on décriait les mœurs.

DORVAL.

Vous déſirates enfin ſavoir ſi le cœur était d'accord avec la figure ?

SOPHIE.

J'y trouvai bien quelques défauts, mais point
de vices !

DORVAL.

Comme l'amour rend la vue perçante ! & depuis
qu'il vous connaît comment ſe conduit-il ?

SOPHIE.

Aſſez bien, pour que ce matin j'aie oſé lui laiſſer
deviner mes ſentiments.

DORVAL.

Et ſait-il les intentions de votre oncle ?

SOPHIE.

Je m'en ſuis bien gardée. Cette nouvelle l'eût
peut-être découragé ; je les lui cacherai tant que
je pourrai ; mon cœur lui reſtera fidèle, je le ren-
drai digne d'une femme honnête & ſenſible ; & ſi
l'on me force à en épouſer un autre, j'obéirai ſans
doute, je tâcherai d'être heureuſe, je ne crois pas
y réuſſir ; mais il le ſera, il jouira de l'eſtime pu-
blique, je me dirai : c'eſt mon ouvrage, & cette
idée conſolante me tiendra lieu de bonheur.

DORVAL.

Exellente, adorable perſonne ! ne craignez rien,
vous ſerez heureuſe !

SOPHIE.

Vous avez mon ſecret, Monſieur ! j'eſpère ne
l'avoir dit qu'à l'oncle de mon époux.

DORVAL.

Et mon neveu ne le ſaura qu'en vous donnant
la main. (ſeul.) Je me doutais de ce qui arrive.
Rien ne ſéduit ſi vite le cœur d'une perſonne inno-

cente que l'espérance de convertir un aimable libertin!

SCENE XIII.

DORVAL, ANDRÉ, ISAAC.

ANDRÉ.

ENTREZ, Juif! si que c'est laid d'être Juif!

DORVAL.

Approchez Monsieur Lévi, Moïse, Abraham !.

ISAAC.

Isaac c'est mon nom, pour votre service. Voulez-vous acheter une superbe bague? J'en ai une à bien bon marché, envérité !

DORVAL.

Non, Monsieur Isaac ; je suis amateur de ces portraits, & je les acheterai tous, si vous voulez me céder l'affaire.

ISAAC.

Monsieur, après que l'affaire sera faite, vous pourrez la faire aussi avec mon principal, autrement c'est pas possible, en conscience.

DORVAL.

Vous n'admettez donc que des Juifs dans les profits d'une affaire.

ISAAC.

Oh! Monsieur, dans presque toutes les affaires des Juifs, le principal est un Chrétien ; car dans ce siècle philosophe, la tolérance est universelle en matières d'intérêt.

DORVAL.

Eh bien! faites-moi faire cette affaire-ci. Voilà pour appaiser le cri de votre confcience. (*Il lui donne de l'argent.*)

ISAAC.

A préfent, Monfieur, elle ne me reproche plus rien du tout.

SCENE XIV.

DORVAL, ISAAC, ANDRÉ.

ANDRÉ, *apporte une table & des rafraîchiffemens.*

MONSIEUR! v'là ce que c'eft.

DORAVL.

Va prier Monfieur Leurreville cadet de defcendre ici, de la part d'un étranger.

ANDRÉ.

Ça fuffit, Monfieur!

SCENE XV.

DORVAL, ISAAC.

DORVAL, *verfant à boire.*

ALLONS! point de cérémonies! affeyez-vous. Buvons.

ISAAC.

A la fanté de l'ufure!

DORVAL.

Et des ufuriers!

ISAAC.

C'eſt une bien belle choſe que l'uſure, Monſieur!

DORVAL.

Apprenez-moi à faire des affaires.

ISAAC.

Primò, Monſieur, rien n'eſt plus aiſé quand vous avez bien de l'argent. Vous demandez pour votre capital des intérêts en proportion du beſoin que l'on a. Plus on eſt preſſé, plus vous exigez!

DORVAL.

Mais ne court-on pas riſque de perdre le capital & les intérêts?

ISAAC.

Les intérêts! jamais parce qu'on les retient d'avance, ainſi il n'y a pas tant de riſques pour le capital. Par exemple, Monſieur Leurteville cadet c'eſt un brave garçon. Il n'a jamais d'argent, parce qu'il dépenſe un peu lui-même, & donne beaucoup à ſes amis; & tous ceux qui ont beſoin de lui ſont ſes amis.

DORVAL.

Eh bien, à la ſanté de ce bon garçon qui n'a jamais aſſez d'argent parce qu'il a trop d'amis.

ISAAC.

Avec tout mon cœur! (*Ils boivent.*) Le bon garçon dit à moi : (*Iſaac, je n'ai pas le ſol, coute qui coute, il me faut de l'argent aujourd'hui, je ſuis déſeſpéré....*) Moi, je dis: (*Nous verrons.*) Je dis pas : (*C'eſt impoſſible,*) Par ceque j'ai peur du déſeſpoir. Je vas trouver mon homme à argent, qui dit qu'il n'a point d'argent, & qu'il faut qu'il emprunte à un autre qui n'a pas non plus d'argent. Ainſi l'on a beaucoup de peine à avoir de l'argent ſur des lettres de change : mais elles ſont ſur des

places dont le cours de change est moins avanta-
geux. Fort bien, la personne sur laquelle on tire
là bas n'aura point d'argent non plus ; pour payer
elle sera obligée de vendre des marchandises
à grosse perte! Et puis les frais de correspondance,
de commission, port de lettres, &c, sont très-con-
siderables! Fort bien! Monsieur Leurreville a
besoin de cent louis, il faut qu'il s'engage pour
cinq cens! Voilà l'affaire faite! & c'est ce qu'on
appelle prêter à cinq pour cent.

DORVAL.

Et l'interêt se partage entre tous ces Messieurs ?

ISAAC.

Tous ces Messieurs ne sont qu'une personne, &
c'est.... Vous croirez pas.

DORVAL.

Qui ?

ISAAC.

Le frère aîné.

DORVAL.

Pas possible.

ISAAC.

Très-possible! Le même pour qui j'étais chargé
d'acheter ici les portraits.

DORVAL.

Vous confondez ! Vous voulez dire : vendre.

ISAAC.

Non, j'achète pour l'aîné, & je vends pour le
cadet tout d'un coup.

DORVAL.

Je comprens. C'est qu'en bon frère, l'aîné sauve
les débris de la fortune du cadet.

ISAAC.

Vous connaissez pas l'aîné. C'est pasplus un bon

garçon qu'un bon frère. Il eft bien-aife de ruiner
fon cadet pour mettre en colère un oncle bien
riche qui doit mourir bientôt aux Indes, & faire
hériter l'aîné tout feul. Je fais tout. L'aîné prête
en même tems à d'autres jeunes gens qui n'ont pas
le tems d'attendre la mort de leurs parens & je
fuis fâché fort contre lui.

DORVAL.

Pourquoi?

ISAAC.

Il employe d'autres pour des meilleures affaires
& ne récompenfe jamais bien. C'eft un pire principal que tous les Juifs, & les Hollandais!

ANDRÉ.

Voici Monfieur de Leurreville cadet!

SCENE XVI.

LES PRÉCÉDENS, LEURREVILLE cadet.

DORVAL, à part.

J'AIME affez fa phyfionomie.

ISAAC.

Monfieur, voilà un galant honime qui veut bien
acheter tous ces portraits.

DORVAL.

Et je ferais fort aife de vous être plus utile pour
d'autres affaires.

LEURRENILLE cadet, à Dorval.

Je vois que nous allons nous convenir. Traitez-
moi bien. Je ne vous promets pas de très-bohnes
affaires avec moi, car je fuis à peu-près coulé à
fond

fond, mais je vous recommanderai à des jeunes gens qui commencent.

DORVAL.

Eh bien, voyons ; combien voulez-vous de ces portraits ?

LEURREVILLE cadet.

A dire le vrai, je n'y tiens pas beaucoup.

ISAAC, bas.

Paix donc ! c'est pas ainsi qu'on fait une affaire. (Haut.) Monsieur, le meilleur est de mettre à prix l'un après l'autre.

DORVAL.

Isaac a raison.

LEURREVILLE cadet.

Monte sur ce fauteuil ! Tu nous serviras d'Huissier-Priseur.

ISAAC.

Premier portrait à droite ! Un Président !..... Messieurs ! Mettons cinq louis ! Une fois, deux fois !

DORVAL.

Cinq louis, soit !

ISAAC.

Numéro deux.

LEURREVILLE cadet.

C'est le bisayeul de ma mère ! Il fut tué à Fontenoi, à la tête de son Régiment.

ISAAC.

Vive un bon militaire ! Un louis de plus que l'homme de robe !

DORVAL.

Non, l'un comme l'autre.

C

LEURREVILLE cadet.

Sans doute par respect pour la Justice !

ISAAC.

Numéro trois, une vieille femme !

LEURREVILLE cadet.

C'est mon ayeule.

ISAAC.

Numéro quatre, plusieurs portraits sous le même numéro. Eh bien, pour tout, vingt louis !

DORVAL.

Soit ! Il faut être galant pour les vieilles femmes.

LEURREVILLE cadet.

Par reconnaissance de ce qu'elles ont été jeunes.

ISAAC.

Numéro cinq, pour le coup, en voici une jeune & jolie !

LEURREVILLE cadet.

Je ne la connais pas.

DORVAL, *à part.*

Ma femme, que j'ai perdue à la fleur de son âge ! (*Haut.*) Combien ?

ISAAC.

Une femme jeune & jolie n'a pas de prix !

LEURREVILLE cadet.

Tenez ! Pour avoir plutôt fait, que voulez-vous me donner de tous ces portraits, excepté celui-ci ?

DORVAL.

Pourquoi cette exception ?

LEURREVILLE cadet.

C'est le portrait d'un oncle, que ses bienfaits me rendent on ne peut pas plus cher.

ISAAC.

Et Monsieur le garde pour lui demander tous les jours la bourse ou la vie.

DORVAL.

La plaisanterie est assez probable.

LEURREVILLE cadet.

Non, d'honneur, c'est par reconnaissance. Cet oncle ne m'a vu qu'enfant, il est très-éloigné de moi, & cependant il ne cesse de me temoigner une bonté paternelle ! Lui seul m'a traité avec indulgence ! Je le regarde comme le seul ami que j'aie au monde, il est donc naturel que j'aime à conserver la seule chose que je possède de lui. Ainsi je vous supplie de me laisser ce portrait.

DORVAL.

Parbleu, Monsieur ! Comme vous j'en ai la fantaisie. Je vous en donne cinquante louis.

LEURREVILLE cadet.

Non !

DORVAL.

Cent !

LEURREVILLE cadet.

Non !

DORVAL.

Tenez ! deux cents louis pour les autres & deux mille écus pour l'oncle tout seul !

LEURREVILLE cadet.

Quelle opiniâtreté pour un caprice !

DORVAL.

Tout ou rien !

LEURREVILLE cadet.

Eh bien, rien.

ISAAC, bas.

Mais, Monsieur, vous n'y pensez pas ! Votre lettre de change est échue ! Les pièces sont dans les mains de l'Officier du Commerce ! à chaque instant, il peut venir vous faire sa petite politesse !

LEURREVILLE cadet.

Eh bien, j'irai en prison!

ISAAC.

Mais votre ancien gouverneur, Monsieur Duval, qui y est déjà, & qui n'espère qu'en vous!

LEURREVILLE cadet.

Eh bien, si je ne peux pas le délivrer, j'irai lui tenir compagnie!

DORVAL.

Allons! Je cède! Gardez l'oncle, & prenez ces effets.

LEURREVILLE cadet.

Tous?

DORVAL.

Oui, tous!

LEURREVILLE cadet.

Mais, Monsieur, c'est trop!

ISAAC.

Gardez! gardez! Voilà bien des façons pour garder de l'argent.

LEURREVILLE cadet.

Tiens! Cours, vole délivrer Duval!

ISAAC.

Voyez Monsieur, si je n'avais pas raison de vous dire que le cadet était un bon garçon! voilà cinquante louis qu'il me donne pour faire sortir de prison son vieux gouverneur.

LEURREVILLE cadet.

Monsieur, c'est un acte de justice! Il m'a élevé, c'est une dette que mon cœur lui paye, c'est pour la dernière fois & malgré moi que j'ai eu recours à ce moyen pour avoir de l'argent! Mais Duval était en prison, & j'espère que ma reconnaissance ennoblira le moyen dont je me suis servi pour la lui prouver.

DORVAL.

Je ne résiste pas à ce dernier trait. Viens, mon neveu, embrasse ton oncle!

LEURREVILLE cadet.

Vous! mon oncle!

DORVAL.

Oui! C'est moi. (*Ils s'embrassent.*)

ISAAC,

Vivat! La bonne affaire!

DORVAL.

N'ébruitons pas mon retour. Je viens de t'éprouver, je veux de même éprouver ton frère. Mais courons d'abord délivrer le pauvre Duval! Va, mon neveu, je te réserve une récompense digne de toi. Eh! voilà celui dont tout le monde parle mal! Puisse lui ressembler celui dont tout le monde parle bien!

Fin du premier Acte.

ACTE II.

Le Théâtre représente la chambre de Leurreville l'aîné; un paravent dans le fond.

SCENE PREMIÈRE.

LEURREVILLE l'aîné, ANDRÉ.

LEURREVILLE l'aîné, sonne.

Ou est la liste de mes visites?

ANDRÉ.

La vlà, Monsieur!

LEURREVILLE l'aîné.

Y a-t-il des lettres?

ANDRÉ.

Oui, Monsieur, une qui est dans ma poche.

LEURREVILLE l'aîné.

Donne! Elle est de Duval, mon ancien péda-gogue! Je gage qu'elle est encore pleine de phrases a perte de vue!...(*Il lit.*) Je l'aurais parié. Monsieur est en prison pour avoir répondu pour un ami. Eh bien, tant pis pour lui. (*A André.*) Il n'est venu personne?

ANDRÉ.

Si fait, Monsieur, il est encore venu ce Mon-sieur qui ne vient jamais qu'à l'heure des repas.

LEURREVILLE l'aîné.

Que me voulait-il ?

ANDRÉ.

Il venait dîner avec vous.

LEURREVILLE l'aîné.

La belle chûte.

ANDRÉ.

Il a été bien fâché de ne pas vous trouver.

LEURREVILLE l'aîné.

Je le crois.

ANDRÉ.

Mais il m'a dit que vous n'y perdriez rien, parce qu'il reviendrait demain.

LEURREVILLE l'aîné.

L'as-tu prévenu que depuis peu je dinais à deux heures.

ANDRÉ.

Certainement, Monsieur, & il m'a répondu, que de peur de vous manquer, il viendrait avant midi.

LEURREVILLE l'aîné.

Et je suis sûr qu'il tiendra parole. C'est un Auteur qui doit me dédier son recueil de bienfaisance. Qu'on le laisse entrer dès qu'il viendra.

ANDRÉ.

Oui Monsieur, & je mettrai son couvert aussi ?

LEURREVILLE l'aîné.

Cela ne se demande pas.

ANDRÉ.

Il y a encore dans l'antichambre plusieurs personnes qui attendent depuis plus de deux heures!..

LEURREVILLE l'aîné.

Qu'on les renvoie ! Je n'ai rien à donner à ces gens-là ! Ils ne peuvent m'être utiles en rien !

C 4

ANDRÉ, *s'en allant.*

Ah! mon Dieu! mon Dieu! comme il eſt dur au pauvre monde!

SCENE II.

LEURREVILLE l'aîné, *feul.*

QUELLE après-dînée délicieuſe je viens de paſſer avec la Baronne! Etre à ſes côtés, pendant trois heures, dans une voiture qu'elle doit à mes ſoins! Quel bonheur! & ſa reconnaiſſance & ſa joie qu'elle me témoignait d'une manière ſi charmante! Quel riant avenir! Oui, je l'attendrirai, & pour la faire tomber dans mes filets, je n'ai qu'à laiſſer agir ſes caprices & ſon inconſéquence.

SCENE III.

LEURREVILLE l'aîné, ANDRÉ.

ANDRÉ.

UN Monſieur qui veut entrer!

LEURREVILLE l'aîné.

Son nom?

ANDRÉ.

Il ne me l'a pas dit.

LEURREVILLE l'aîné.

Je n'y ſuis pas.

ANDRÉ, *à Dorval qui eſt dehors.*
Monſieur dit qu'il n'y eſt pas.

LEURREVILLE l'aîné, *le pouſſe bruſquement.*
Ote-toi delà , imbécile !

ANDRÉ, *à Leurreville.*
Dites-lui donc vous-même que vous n'y êtes
pas.

LEURREVILLE l'aîné.
Le ſot ! Va-t-en.

ANDRÉ, *s'en allant.*
L'imbécile ! Le ſot ! Va-t-en. Vlà ce qu'on gagne
à bien faire ſes commiſſions.

SCENE IV.

LEURREVILLE l'aîné, DORVAL.

DORVAL.

PARDON, Monſieur, ſi j'entre malgré votre
domeſtique ! Mais ce que j'ai à vous dire eſt ſi
preſſant.....

LEURREVILLE l'aîné.
Mais en effet ! Entrer ainſi !... Et quelle eſt donc
Monſieur cette choſe ſi preſſante que vous avez
à me dire !

DORVAL.
Votre oncle eſt mort.

LEURREVILLE l'aîné.
A Pondichéri ?

DORVAL.
Non, à bord d'un vaiſſeau revenant en Europe.
J'étais avec lui.

LEURREVILLE l'aîné.

Revenait-il avec sa fortune ?

DORVAL.

Oui, Monsieur, avec toute sa fortune.

LEURREVILLE l'aîné.

Rien n'a péri, rien n'est perdu ?

DORVAL.

Tout est dans le port, sous le scellé.

LEURREVILLE l'aîné.

Comment ! Point de legs ?

DORVAL.

Un seul, en faveur de votre cadet.

LEURREVILLE l'aîné.

Considérable ?

DORVAL.

On ne peut pas plus modique.

LEURREVILLE l'aîné.

Payable ?

DORVAL.

A discrétion.

LEURREVILLE l'aîné.

A la bonne heure ! Mais les richesses de mon oncle ne sont peut-être pas grandes.

DORVAL.

Elles sont immenses.

LEURREVILLE l'aîné.

Et rien n'a été perdu pendant la derniere guerre?

DORVAL.

Pas une obole.

LEURREVILLE l'aîné.

L'heureuse nouvelle ! D'honneur ! Mon oncle est un homme charmant. Il a toujours beaucoup aimé sa famille. Quoi ! une fortune immense ! A moi ! à moi tout seul ! Point de partage ! Point de frère à ménager, ce jour est le plus beau de ma vie.

DORVAL.

Votre joie est naturelle'; mais votre oncle a cru que vous seriez plus touché de sa mort.

LEURREVILLE l'aîné.

.. A dire le vrai, ne l'ayant jamais vu, rien n'a dû trop m'attacher à lui.

DORVAL.

Si ce ne sont ses bienfaits.

LEURREVILLE l'aîné, *avec aigreur*.

Mon ami !.!.. Monsieur, qui êtes-vous ?

DORVAL.

Le meilleur ami de vôtre oncle.

LEURREVILLE l'aîné.

Voilà un titre magnifique à sa reconnaissance ! & dans son testament il n'y a pas un legs en votre faveur ! C'est étonnant !

DORVAL.

Il a laissé à votre cœur le plaisir d'acquitter le sien. Ainsi c'est à vous que j'ai recours.

LEURREVILLE l'aîné.

Mon ami, quand on est réduit à demander, il faut être....

DORVAL.'

Vrai, comme dans toutes les situations de la vie.

LEURREVILLE l'aîné.

Il y a manière d'être vrai.

DORVAL.

Vous me laisserez donc sans secours ?

LEURREVILLE l'aîné.

Si vous voulez passer à l'office....

DORVAL.

A l'office ! Si je m'étais adressé à votre frère, il

n'aurait certainement pas traité l'ami de votre oncle avec un semblable mépris.

LEURREVILLE l'aîné.

Certainement! Il aurait pu vous recevoir à sa table; rien n'est moins délicat que lui sur le choix de ses convives.

DORVAL à part.

L'impudent!

LEURREVILLE l'aîné.

Je vous conseille d'aller le voir, mais ne lui parlez pas du testament du défunt.

DORVAL.

Si le cœur de votre frère est bon, il respectera les dernières volontés de son oncle.

LEURREVILLE l'aîné.

Celui-là est bon! Le cœur d'un libertin!...

DORVAL.

Peut n'être pas mauvais.

LEURRRVILLE l'aîné.

Vous me permetrez de ne pas disserter sur ce chapitre.

DORVAL.

Oui! car vous ne l'avez pas encore suffisamment étudié; & vos lettres m'avaient déjà donné du vôtre, l'opinion dans laquelle votre conduite & votre discours viennent de me confirmer.

LEURREVILLE l'aîné.

Mon oncle vous aurait communiqué!...

DORVAL.

Voilà vos dernieres lettres!

LEURREVILLE l'aîné.

Comment se peut-il?...

DORVAL.

Vous me permettrez de ne pas differter fur ce chapître.

LEURREVILLE l'aîné.

Monfieur, de grace !...

DORVAL

Serviteur ! je vais chercher à fouper !

LEURREVILLE l'aîné.

Vous pourriez fouper ici.

DORVAL.

A l'office ?

LEURREVILLE l'aîné.

Mais Monfieur, ces lettres !...

DORVAL.

Je ne les montrerai pas à votre frère, & je ne lui parlerai pas non plus du teftament du défunt ! Mais vous me permettrez d'éprouver fi le cœur d'un libertin eft auffi méchant que celui d'un honnête homme comme vous.

(*Il fort en riant.*)

SCENE V.

LEURREVILLE l'aîné, *feul.*

IL a mes lettres !... Il fe moque de moi !... Aurait-il quelque codicile fecret en fa faveur, ou en faveur de mon frère ?

SCENE VI.

LEURREVILLE l'aîné, ANDRÉ.

ANDRÉ, *annonce.*

MADAME la Baronne!

LEURREVILLE l'aîné.

Elle! Chez moi! à cette heure.... Fais entrer!....

SCENE VII.

LEURREVILLE l'aîné, LA BARONNE.

LA BARONNE.

AH! Monſieur, vous voyez une femme au dé-ſeſpoir!

LEURREVILLE l'aîné.

Comment! Qu'eſt-il donc arrivé? Daignez prendre un ſiége!

LA BARONNE.

Mon mari vient encore de me faire une ſcène effroyable!

LEURREVILLE l'aîné.

A quel ſujet?

LA BARONNE.

Pour m'être arrêté un moment, comme vous l'avez-vu, chez la Marquiſe.

LEURREVILLE l'aîné.

La belle raison! c'eſt donc un tiran que cet homme-là !

LA BARONNE.

Vous n'avez pas d'idée de la colère où il s'eſt mis ! Il a été juſqu'à me menacer d'une ſéparation !

LEURREVILLE, l'aîné.

D'une ſéparation ! C'eſt épouvantable ! Nous allons parler de tout cela , mais permettez-moi de donner quelques ordres. ... André!

SCENE VIII.

LES PRÉCÉDENS, ANDRÉ.

ANDRÉ.

MONSIEUR !

LEURREVILLE l'aîné.

Courez chez mon frère. L'homme qui ſort de chez moi vient d'y monter , vous le prierez avec honnêteté, de ma part , de deſcendre ici un inſtant.

ANDRÉ.

Oui, Monſieur. (*A part.*) Il caline ! c'eſt qu'il a beſoin de lui !... Je le connais bien !

LEURREVILLE l'aîné.

Allez donc !

ANDRÉ.

M'y vlà, Monſieur !

SCENE IX.

LEURREVILLE, l'aîné, LA BARONNE.

LEURREVILLE l'aîné.

PARDON ! belle dame! Vous dites que votre mari vient de vous menacer d'une féparation.

LA BARONNE.

Et il eft homme à tenir parole ! Je fuis d'une frayeur!

LEURREVILLE l'aîné.

Que vous êtes bonne de vous affecter de cela ! c'eft la plus petite chofe du monde. Rien n'eft plus dans l'ordre que de fe féparer quand on ne peut pas vivre enfemble.

LA BARONNE.

Mais je ne veux pas me féparer. Mon mari m'eftime & me chérit.

LEURREVILLE l'aîné.

Il vous chérit! Le bel effort! Ne le ferez-vous pas de quiconque aura le bonheur de vous con- naître. Il vous eftime! La preuve du contraire eft cette jaloufe défiance, qu'il ne rougit pas de vous témoigner à chaque inftant du jour.

LA BARONNE.

Il eft vrai qu'il me contrarie fouvent ; mais ce n'eft que fur des bagatelles ; & je l'aime....

LEURREVILLE l'aîné.

Impoffible.

LA BARONNE.

LA BARONNE.

Je l'estime....

LEURREVILLE l'aîné.

Expression d'usage, qui n'oblige à rien.

LA BARONNE.

Et mon penchant est d'accord avec mon devoir.

LEURREVILLE l'aîné.

Le devoir ! Terme d'éducation.

LA BARONNE.

Je lui ai donné ma foi volontairement, & pour
la vie.

LEURREVILLE l'aîné.

Délire d'ume ame pure & sensible !

LA BARONNE.

Détrompez-vous. Je dois tout à mon époux,
j'étais sans fortune, il m'a comblée de bienfaits.

LEURREVILLE l'aîné.

Le beau mérite ! Age, goût, penchant, caractère, rien n'était assorti dans votre union, le
sacrifice était tout entier pour vous seul ; n'a-t-il
pas dû vous en dédommager par ses richesses, si
cependant les richesses peuvent tenir lieu de bonheur ?

L'A BARONNE.

Ainsi je ne lui dois rien.

LEURREVILLE l'aîné.

C'est lui qui vous doit tout, il vous possède ;
& ce bonheur ne saurait être payé.

LA BARONNE.

Ainsi vous pensez que je dois donner les mains
à notre séparation ?

LEURREVILLE l'aîné.

Vous êtes dans l'esclavage, il veut vous rendre
votre liberté, c'est l'action la plus sage qu'il ait

D

Contraste insuffisant

NF Z 43-120-14

faite, & ce ferait une folie à vous que de la rendre inutile.

LA BARONNE.

Et reftée feule, que deviendrai-je ?

LEURREVILLE l'aîné.

L'admiration & l'objet des defirs de tous les hommes; le modèle & le défefpoir de toutes les femmes. Je ferai naître tous les plaifirs fur vos pas; & fi un jour votre cœur, devenu fenfible, daigne fe montrer reconnaiffant, jamais femme ne fera plus heureufe.

LA BARONNE.

Comment ! l'ami de mon époux !...

LEURREVILLE l'aîné.

Eh! Madame, banniffez donc de pareils fcrupules! Nos époux d'aujourd'hui deviennent de jour en jour plus raifonnables; & c'eft un fervice d'ami que de débarraffer un vieux époux d'un meuble inutile.

LA BARONNE, à part.

Le monftre ! Quel bonheur pour moi de le con- naître tout entier ? (On frappe.) On frappe!

LEURREVILLE l'aîné, fautant à la porte.

Qui eft là ?

LE BARON, en dehors.

C'eft moi, c'eft moi! Ouvre.

LA BARONNE.

Comment, Monfieur, vous aviez fermé la porte! Mais c'eft affreux !

LRURREVILLE l'aîné.

Pardon! C'eft une diftraction !

LA BARONNE.

Je fuis perdue !

LEURREVILLE l'aîné.

De grace! Paffez derrière ce paravent. Je vais m'en débarraffer dans la minute.

LA BARONNE.

Quelle imprudence! Et comme j'en fuis punie !
(*Elle paffe derrière le paravent.*)

LEURREVILLE l'aîné.

Quoi! c'eft vous! mon cher Baron. Comment, perfonne pour vous annoncer!

LE BARON.

Ne fait-on pas que j'entre chez-toi fans cérémonie, fans conféquence ?

LEURREVILLE l'aîné.

C'eft qu'en vérité....

LE BARON.

Allons donc! Tu me ferais croire que je te gêne, que j'ai troublé un tendre rendez-vous ?

LEURREVILRE l'aîné.

Vous plaifantez!

LE BARON.

Certainement, je te connais trop pour te foupçonner. Parlons d'autres chofes; je viens pour te prier de m'aider à me féparer de ma femme! Mon parti eft pris, je le veux abfolument.

LEURREVILLE l'aîné.

Voulez-vous que nous paffions dans mon cabinet?

LE BARON.

Non, je fuis bien ici! D'ailleurs, il n'y a point de myftère: il faudra bien que cela fe fache. Je veux fervir d'exemple aux vieux garçons qui ôferont tâter du mariage.

LEURREVILLE l'aîné.

Quoi! Rien ne peut vous détourner de ce projet.

LE BARON.

Non, ma femme m'a trop fait enrager.

LEURREVILLE l'aîné.

Cependant elle est aimable.

LE BARON.

Aimable! Je t'en réponds. Elle a autant de graces que de vertus.... Un bon cœur.... De la franchise!....

LEURREVILLE l'aîné.

Mais toujours quereller !

LE BARON.

C'est ma mort ! Je peux bien avoir tort, mais c'est de m'être marié.... Marié trop vieux!... La moindre contradiction, la moindre tracasserie, me révolte, me désespère & me rend malheureux. J'esperais qu'une femme jeune & jolie changerait ma maniere d'être; qu'elle se prêterait aux défauts de mon caractère; que mon amitié, mes procédés honnêtes & généreux dans les choses essentielles m'obtiendraient son indulgence pour des torts légers qui ne partent jamais du cœur ; je me suis trompé : les plus courtes folies sont les meilleures. Il faut donc absolument une séparation, de corps seulement, qui ne la compromette point & dont elle ne s'appercevra pas. Elle est sage; si je suis trop vieux pour elle, ce n'est pas sa faute, & sa réputation ne doit pas en souffrir.

LEURREVILLE l'aîné.

J'entens. Vous voulez-vous séparer, par ce que le mariage n'est pas fait pour vous.

LE BARON.

Voilà le mot! Le mariage n'est pas fait pour moi. Je veux ravoir ma tranquilité, reprendre ma vie de garçon. Tiens, voilà le projet de l'acte de féparation que nous fignerons à l'amiable! Lis, & dis-moi fi je ne l'ai pas traitée auffi bien qu'elle le mérite.

LEURREVILLE l'aîné.

ARTICLE I.

Ma femme n'ira point au Couvent. Ce féjour, tout décent qu'il eft, ne vaut pas la maifon d'un mari; & jette toujours fur la conduite paffée d'une femme, un vernis que toute l'eftime d'un époux ne peut jamais effacer.

LE BARON.

Eh bien!

LEURREVILLE l'aîné.

C'eft fort fagement vu!... Mais....

LE BARON.

Point de mais. Je tiens à cet article! Parce quelle eft aimable faut-il la mettre en prifon? Si l'on adoptait un femblable plan, les femmes renonceraient bien vîte à l'art de plaire, & elles auraient raifon. Continue.

LEURREVILLE l'aîné.

ARTICLE II.

J'ai quarante mille livres de rente. Comme tout doit être égal entre deux époux, je lui en abandonne la moitié; ne voulant pas qu'elle m'ait obligation de cette moitié, puifque toute ma fortune n'a pu nous rendre heureux.

LE BARON.

Cela n'eft-il pas jufte?

LEURREVILLE l'aîné.

C'eft pouffer la générofité jufqu'à l'héroïfme.

LE BARON.

Point du tout! C'eſt affaire de politique! Ma
femme n'ayant beſoin de rien, ne ſentira point
de privations, ne ſera contredite en rien, elle
ſongera quelquefois à moi, me regrettera peut-
être, & je crois qu'un regret d'une jolie femme
vaut bien vingt mille livres de rente. Il y a tant
de repentirs que l'on achète davantage! Pourſuis.

LEURREVILLE l'aîné.

ARTICLE III.

Ma femme aura ſon appartement à coté du mien,
mais elle ſera la maîtreſſe d'y recevoir qui bon lui
ſemblera. Si elle ne ſe ſoucie pas de moi, je ne ſerai
pas importun; ſi elle m'admet dans ſa ſociété, je me
conduirai de manière à ne laiſſer priſe ni à la mé-
diſance, ni à la calomnie, ni au ridicule.

LE BARON.

C'eſt une attention que je lui dois. Autant vau-
drait pour une jeune femme ne pas être ſeparée
de ſon mari, ſi elle l'avait toute la journée ſur les
bras. Si le matin à ſa toilette, ou le ſoir en rentrant,
elle me permet une viſite de loin en loin, je me
prendrai pour un petit-maître qui va en bonne
fortune.

LEURREVILLE l'aîné.

Madame la Baronne ne peut former aucune
objection, vous avez tout prévu.

LE BARON.

Tant mieux! Je ne ſaurais lui donner trop de
preuves de mon eſtime & de ma tendreſſe. Heureux! ſi conſervant les ſentimens qui me la font

chérir, elle ne fait pas elle-même le malheur de fa
vie.

LEURREVILLE l'aîné.

Allons, puifque cette féparation eft néceffaire,
j'en ferai paffer l'acte dans les formes.

LE BARON.

Non, ne mettons point de gens de loi là-
dedans. Nous fignerons en fecret & à l'amiable!
Un arrêt pareil ferait pour le public le tocfin du
divorce. On vient! Chut! Silence!

SCENE XI.

LES PRÉCÉDENS, DORVAL,

LEURREVILLE cadet.

LEURREVILLE cadet.

MON frère, je viens de faire votre paix avec
la perfonne du monde que vous avez le plus d'intérêt à ménager.

LEURREVILLE l'aîné.

Ah! mon ami, qu'êtes-vous devenu depuis que
vous êtes forti?

DORVAL.

J'étais chez Monfieur!

LEURREVILLE l'aîné.

J'ai bien des pardons à vous demander.

DORVAL.

J'excufe facilement un mauvais accueil qui n'eft
pas l'effet d'un mauvais cœur.

D 4

LEURREVILLE l'aîné.

Vous me rendez justice !

SCENE XII.

LES PRÉCÉDENS, ANDRÉ.

ANDRÉ.

MONSIEUR, Monsieur !

LE BARON.

Qu'est-ce ?

ANDRÉ.

Je n'en peux plus.... Ce Juif de tantôt !...

LEURREVILLE l'aîné, *à part à André.*

Parle bas. (*Haut.*) Eh bien !

ANDRÉ.

Il est là !

LEURREVILLE l'aîné.

Que veut-il ?

ANDRÉ, *très-haut.*

Il veut vous parler à ce qu'il m'a dit, au sujet des tableaux qu'il a achetés pour vous à Monsieur votre frère.

LEURREVILLE l'aîné.

Veux-tu te taire, impitoyable bavard ! Il faut que je parle à cet homme ; que d'embarras réunis...(*Au Baron.*) Messieurs, je vous quitte un instant !... J'y suis forcé.... Si vous vouliez passer dans le sallon.

LE BARON.

Eh ! non, ne te gêne pas, ne te gêne pas !

LEURREVILLE l'aîné, *à part au Baron.*

En ce cas, mon cher Baron, ne laissez point approcher mon frère, ni cet étranger du paravent.

LE BARON.

Du paravent! Bon! c'est entendu!

LEURREVILLE l'aîné.

Il faut vous l'avouer.... Une femme est cachée là-derrière! C'est une personne honnète, qui a une réputation à garder.

LE BARON.

Parbleu! si elle a une réputation à garder!... Je m'en suis douté en entrant. C'est une grisette! Pas vrai? Julie? Oh! oui! tu as bon goût!

LEURREVILLE l'aîné.

Au revoir, Messieurs.

LE BARON.

Va vite, & reviens promptement.

_____

SCENE XIII.

LE BARON, DORVAL,

LEURREVILLE cadet.

LEURREVILLE cadet.

QUE vous disait mon frère?

LE BARON.

Rien! rien! C'est une affaire entre nous.

LEURREVILLE cadet.

Plaisante! Car vous en avez ri.

LE BARON.

C'est vrai! elle n'est pas sérieuse.

DORVAL.

Mets-nous du secret.

LEURREVILLE cadet.

Monfieur le Baron, je vous en fupplie.

LE BARON.

Toi. Mon ancien camarade! A la bonne heure !
Mais ce jeune furet ! Point du tout.

LEURREVILLE cadet.

Si vous ne le dites pas, je le devinerai.

LE BARON.

Juge fi je peux le lui dire.

DORVAL.

Soit ! Voyons !

LE BARON, à *Leurreville cadet.*

Paffez par là, paffez par là! J'ai furpris le fage
garçon en tête-à-tête avec une très-honnête grifette, & elle eft derrière le paravent.

DORVAL.

Puifqu'il veut la ménager il a raifon.

LE BARON.

Mon ami, ton oncle eft de mon avis , on ne
peut te dire ce fecret.

LEURREVILLE cadet.

Le fecret eft derrière le paravent.

DORVAL.

On te dit trop libertin , trop méchant.

LEURREVILLE cadet.

Libertin! Je l'ai été un peu , d'accord ; méchant,
jamais.

DORVAL.

Tu ne ferais pas homme à ménager la réputation
d'une jeune fille.

LEURREVILLE cadet.

Je n'ai jamais fait que cela.

DORVAL.

Es-tu bien répandu parmi les grifettes ?

LEURREVILLE cadet.
Pas mal !

DORVAL.
Raison de plus, tu ne sauras rien.

LE BARON, *à part.*
Je brûle d'envie de regarder derrière le paravent !

LEURREVILLE cadet.
J'ai fait mes preuves de discrétion.

LE BARON.
Quoi, tu garderais le secret d'une petite aventure plaisante ?

LEURREVILLE cadet.
Certainement ! quand j'en ai ri, tout est dit.

DORVAL.
Mais pour te venger de ton frère !

LEURREVILLE cadet.
Moi ! vindicatif ! Fi donc ! Voyons le paravent.

LE BARON, *le retient*
Allons, point d'etourderie.

LEURREVILLE cadet.
De grace.

DORVAL.
Non.

SCENE XIV.

LES PRÉCÉDENS, LEURREVILLE l'aîné, *rentre.*

LEURREVILLE l'aîné.
Oui, chassez-moi cet imposteur qui ose m'annoncer que mon oncle est mort ! (*Pendant ce cou-*

plet le paravant s'ouvre ; la Baronne en fort, & paraît d'elle même.

LE BARON.

Ma femme !

DORVAL.

Ta femme !

LEURREVILLE cadet.

Tu appelles cela une grifette ! Ah ! Monfieur le grifon !

LE BARON, *à fa femme.*

Vous ! derrière ce paravent ! Et par quel hazard !

LA BARONNE.

J'y ai été conduite par le même motif que vous. Vous m'aviez infpiré pour votre ami votre exceffive confiance. Allarmé de votre projet de féparation, j'étais venue le prier de vous en detourner, & de faire ma paix avec vous. Je fuis défefpérée de diffiper l'erreur que vous vous plaifiez à carreffer; mais je fuis forcée, pour moi-même, de vous dire que fi j'avais prêté l'oreille à fa dangereufe morale, vous n'auriez plus de femme; & moi j'aurais perdu le plus eftimable des maris.

DORVAL.

Bravo ! mon neveu ! Faites-moi chaffer ! non, votre oncle n'eft pas mort, c'eft moi qui le fuis. Qui de nous deux en eft le plus affligé ?

LEURREVILLE l'aîné.

Je fuis perdu ! Mais Monfieur. . . .

DORVAL.

Oui, appelle-moi toujours Monfieur, & jamais ton oncle. Ce n'eft point une fauffe nouvelle. Je fuis mort pour toi.

LE BARON.

Comment ! vous, mon ami, donner de mauvais conseils à ma femme !

DORVAL.

Et c'est sans doute par l'hommage de ma succession qu'il prétendait lui faire tourner la tête.

LA BARONNE.

Du premier mot je l'ai pénétré, & il n'a pas été dangereux pour moi ; mais je ne regretterai jamais cette démarche. Elle m'a fait connoître votre générosité, votre tendresse & mes devoirs. Ceux de l'honneur m'ont toujours été sacrés ; & je vous jure en ce moment de ne manquer jamais à ceux de l'estime & de la plus tendre amitié.

LE BARON.

Quoi ! ma bonne amie !... D'honneur ! elle m'attendrit ! Voilà la première fois qu'une femme me fait pleurer.

DORVAL.

Vous voilà raccommodés, j'en suis ravi ; mais j'ai encore quelque chose à terminer. D'abord, fais-moi le plaisir de faire venir ta nièce.

LE BARON, à André.

Dites à Sophie que je la demande.

(*André sort.*)

DORVAL, à *Leurreville l'aîné.*

Ensuite, vous, Monsieur, retirez-vous ; demain je vous ferai savoir mes volontés !

LEURREVILLE cadet, *à son frère qui veut sortir.*

Un moment, mon frère ! Ah ! mon oncle, daignez m'écouter. Vous m'avez pardonné mes étourderies. Mes sentimens actuels vous ont paru dignes de recompense, vous me l'avez promise.

DORVAL.

Et tu l'auras.

LEURREVILLE cadet.

Accordez la moi fur le champ, je vous en fupplie. Elle depend de vous feul, & vous pouvez me la donner fans fortir d'ici. La grace de mon frère!

DORVAL.

C'eft trop demander.

LEURREVILLE cadet.

Je vous en conjure. Mon frère & moi, nous avons eu chacun notre erreur. Vous m'avez rendu votre amitié, pourquoi n'aurait-il que votre haine ? Voulez-vous qu'il me reproche de lui avoir enlevé votre cœur, & laiffer dans le fien contre moi une femence éternelle de reffentiment & d'inimitié. Grace entière, on fouffrez que je partage fon infortune, jufqu'à ce qu'il foit digne de vos bontés.

DORVAL.

Je lui pardonne. La dureté avec laquelle j'ai paru le traiter était encore une épreuve à laquelle je te mettais. Si tu avais cédé à un indigne mouvement de vengeance contre ton frère, tu perdais pour jamais mes bienfaits & mon eftime.

LEURREVILLE cadet.

Ah ! mon oncle ! Que de reconnaiffance ! Viens, mon frère, & demande toi-même à mon oncle le baifer de réconciliation.

DORVAL, *relevant Leurreville l'aîné.*

A mes pieds ! Non ! C'eft dans mes bras que je te l'accorde.

LEURREVILLE cadet.

Je fuis au comble du bonheur.

LE BARON.

C'eſt vraiment là un digne garçon ! Ah ça, eſt-ce que vous avec juré de me faire pleurer toute la ſoirée ? Ah ! voici Sophie ; ſa préſence va peut-être nous égayer.

SCENE XV & dernière.

LES PRÉCÉDENS, SOPHIE.

DORVAL.

PARDON, Mademoiſelle , ſi je trouble votre repos; mais la nouvelle que je vais vous annoncer rendra votre ſommeil plus doux , & vos ſonges plus rians.

SOPHIE.

Ah ! Monſieur ! Aurais-je le bonheur de deviner que vous avez daigné ſonger au ſecret que je vous ai confié!

DORVAL.

Tout juſte ! Comme une jeune perſonne devine ce qu'elle deſire. Baron ! nous ſommes en train de faire des heureux. Conſens à la félicité de mon neveu dont tout le monde parle mal. Il adore Sophie.

LEURREVILLE cadet.

Oh! c'eſt bien vrai.

DORVAL.

Il en eſt aimé.

LE BARON.

C'eſt-il vrai auſſi ?

SOPHIE.

Me feriez-vous un crime d'avoir aimé ce que vous admirez maintenant ?

DORVAL.

C'eft Mademoifelle qui la corrigé, il eft jufte qu'elle jouiffe de fon ouvrage.

LE BARON.

Comment, fi cela eft jufte ! Certainement ! une bonne œuvre doit toujours avoir fa récompenfe, & je confens à ce mariage.

SOPHIE.

Ah, mon oncle ! Vous me rendez heureufe.(*A Leurreville cadet.*) Mais mon ami, plus de re-chûtes !

LEURREVILLE cadet.

Je vous le promets. Mais il eft donc bien fûr que vous m'aimez ?

SOPHIE.

J'en ai fait l'aveu à votre oncle ; & ne l'aviez-vous pas deviné dans mes yeux ?

LEURREVILLE cadet.

Je n'ofais y lire. La folie craint toujours les yeux de la fageffe.

DORVAL.

Tu vois le bonheur de ton frère ; trouve un joli Mentor comme Mademoifelle, & j'en ferai ta femme.

LE BARON.

Bien dit ! Me voila tout-à-fait réconcilié avec le mariage. Terminons gaiement notre foirée. (*S'adreffant au Public.*) Nous y parviendrons faci-lement, Meffieurs, fi vous daignez nous prouver que vous avez paffé agréablement une partie de la vôtre.

Lu & approuvé ce 8 Mars 1786. SUARD.
Vu l'Approbation, permis d'imprimer. Paris, ce 11 Mai, 1786.
DECROSNE.

www.ingramcontent.com/pod-product-compliance
Lightning Source LLC
Chambersburg PA
CBHW060807180626
46818CB00002B/738